E. JOVY

QUELQUES LETTRES INÉDITES

A

NICOLAS THOYNARD

CONSERVÉES DANS UNE COLLECTION DE PROVINCE

PARIS

LIBRAIRIE HENRI LECLERC

219, RUE SAINT-HONORÉ, 219

et 16, rue d'Alger

1912

QUELQUES LETTRES INÉDITES

A

NICOLAS THOYNARD

E. JOVY

QUELQUES LETTRES INÉDITES

A

NICOLAS THOYNARD

CONSERVÉES DANS UNE COLLECTION DE PROVINCE

PARIS

LIBRAIRIE HENRI LECLERC

219, RUE SAINT-HONORÉ, 219

et 16, rue d'Alger

1912

QUELQUES LETTRES INÉDITES

A

NICOLAS THOYNARD

CONSERVÉES DANS UNE COLLECTION DE PROVINCE

Dans une collection d'autographes, jadis formée à Vitry-le-François par M. Jean Bertrand, représentant du peuple pour le département de la Marne, à l'Assemblée constituante de 1848 (1), nous avons rencontré quelques lettres inédites, adressées pour la plupart par des Champenois, à Nicolas Thoynard, ce savant orléanais dont le xviie siècle appréciait tant la profonde érudition (2).

(1) Sur Jean Bertrand, cf. Adolphe Bitsch, *M. Jean Bertrand, député. — Aperçu sur sa vie publique et privée* (1809-1869), Vitry-le-François, 1869.

(2) Sur Nicolas Thoynard, cf. Etienne Charavay, *Notice sur Nicolas Thoynard*, Paris, imprimerie de Lainé et J. Havard, 1868 : Emile Du Boys, *Une consultation dogmatique sur le divorce au XVIIe siècle*, dans le *Bulletin du Bibliophile*, 1888, p. 313 ; Ernest Jovy, *Guillaume Prousteau, fondateur de la Bibliothèque publique d'Orléans, et ses lettres inédites à Nicolas Thoynard*, Paris, 1888 (compte-rendu par Émile Du Boys dans le *Bulletin du Bibliophile*, 1889, p. 275) ; Emile Du Boys, *Un Bourguignon et un Orléanais érudits du XVIIe siècle, Lettres inédites de Bernard de la Monnoye à Nicolas Thoynard*, dans le *Bulletin du Bibliophile*, 1889, p. 232 et 333 ; Charles Cuissard, *Lettres inédites de Nicolas Thoynard... à Guillaume Prousteau, fondateur de la Bibliothèque d'Orléans*, dans le *Bulletin du Bibliophile*, 1891, p. 439 ; *Lettres inédites adressées de 1686 à 1737 à J.-A. Turretini, théologien*

La Bibliothèque Impériale, lors de la « vente publique,
le 19 décembre 1868, des autographes de feu M. Jac-
ques-Charles Brunet (1), l'auteur du *Manuel du Libraire* » par les soins de « M. Étienne Charavay, élève
de l'École des Chartes, expert en autographes, rue des
Grands-Augustins, 26, à Paris », fit l'acquisition des
lettres des *Correspondants de Thoynard* qui se trouvent
aujourd'hui, dans le département des Manuscrits, aux
Nouv. acq. fr., 560-563.

Les quelques lettres, maintenant à Vitry-le-François (2), n'avaient sans doute pas été comprises dans le
même lot et se sont trouvées ainsi séparées et éloignées
du corps très compact de leurs anciennes compagnes.

Parmi elles se trouvent une lettre de Richelet, une
lettre de Mabillon, une lettre du numismate Rainssant,
plusieurs lettres du numismate Oudinet, une lettre de
dom Bernard de Montfaucon. Nous allons donner les
plus intéressants, selon nous, de ces documents (3).

genevois, publiées et annotées par E. de Budé, Paris-Genève,
1887, t. II, p. 249 et *passim*. La véritable orthographe de son
nom paraît avoir été plutôt *Toinard* : Guillaume Prousteau écrit
toujours *Thoynard*, et nous avons toujours adopté cette forme
parce qu'elle a été de préférence adoptée dans les recueils et dic-
tionnaires biographiques. La bibliothèque d'Orléans possède,
dans le mscr. 954, un éloge et, dans le mscr. 699, n° 52, une
épitaphe de Thoynard.

(1) Cf. *Documents d'histoire*, première année, n° 1, février
1910, VII, *Autour de la Correspondance de Bossuet*, p. 55.

(2) Elles font maintenant partie de la collection d'autographes
de M. Gaston Périn, Directeur de la Banque d'Alsace et de Lor-
raine à Vitry-le-François, petit-fils de M. Jean Bertrand.

(3) Cf. sur Richelet [Joly], *Éloges de quelques auteurs françois*, Dijon, 1742, p. 150-231 ; d'Artigny, *Nouveaux mémoires
d'histoire, de critique et de littérature*, t. IV, p. 81-103 ; Jal,
Dictionnaire critique de biographie et d'histoire, 2ᵉ édition, Paris,
1872, art. *Richelet* ; L. Bertrand, *Vie, écrits et correspondance
littéraire de Laurent-Josse Le Clerc*, Paris, Techener, 1878,

*
* *

Voici tout d'abord une lettre de Richelet qui supplie Thoynard de l'aider à apaiser le mécontentement, aussi violent qu'inexpliqué, qu'avait contre lui Henri Justel. Il s'agissait de lui faire parvenir le plus promptement possible l'un des ouvrages de Richelet, très probablement le fameux *Dictionnaire français* (1) qu'il venait de faire imprimer à Genève.

Jeudi, à 2 heures, 29 aoust 1680.

Monsieur,

Obligez-moi, je vous en conjure, et faites venir le plus tôt que vous pourrez l'exemplaire de M. Justel (2). Il est fâché contre moi, et je n'en sçai pas, par ma foi, la raison.

p. 21 et suiv. ; Henri Bouchot, conservateur du département des Estampes à la Bibliothèque nationale, sous le pseudonyme d'Hector Bonhuy, *La Société à Vitry-le-François au XVIIe et XVIIIe siècles* ; E. Jovy, *Spicilège de Vitry*, p. 292 et suiv.; E. Jovy, *Les exercices dramatiques et littéraires et les distributions de prix au Collège royal des PP. de la Doctrine chrétienne de Vitry-le-François*, dans les *Mémoires de la Société des Sciences et Arts de Vitry-le-François*, t. XVII, p. 441.

(1) *Dictionnaire françois, contenant les mots et les choses, des remarques sur la langue et les termes des arts et des sciences*, Genève, Widerhod, 1680, in-4°.

(2) Il s'agit d'Henri Justel, canoniste protestant français, né à Paris, en 1620, mort en 1693 à Londres où il s'était retiré en 1681. Il entretenait un commerce épistolaire avec les savants les plus illustres du temps. «... Il se faisoit chez lui, dit Ancillon, une fois par semaine une assemblée de gens doctes qui s'entretenoient de tout ce qu'il y a de beau et de solide dans toutes les sciences, surtout dans la belle littérature ». Locke et Leibniz visitèrent Justel à Paris. Il a publié pendant son séjour en France une précieuse *Bibliotheca juris canonici veteris*, Paris, 1661, 2 vol. in-fol. A Londres il fut nommé garde de la bibliothèque royale de Saint-James. C'est peu avant de partir pour Londres, qu'il avait écrit cette lettre irritée dont se plaint Richelet. Moreri (*Le grand diction-*

Il m'a écrit une lettre tout en colère où il me demande cet
exemplaire et je lui ai juré... que vous le lui feriez venir
avec celui que je vous ai donné et que je vous donne encore.
Je voudrois même que ce fust quelque chose de plus consi-
dérable. J'en aurois plus de joie. Dites donc, Monsieur, à
l'illustre M. Justel que je vous en ai laissé un pour lui à Orléans et que vous l'allez faire venir, et faites-le, je vous en
suplie, afin de ne le mettre pas en colère contre moi : car il
semble qu'il y soit comme il me le paroit par le billet qu'il
m'a écrit. Vous, Monsieur, qui découvrez des choses si dif-
ficiles et si obscures, vous m'aiderez à découvrir les sujets de
la colère de M. Justel contre moi, car qu'Apollon ne me
soit jamais en aide si je la puis deviner. Je suis, Monsieur,
votre très humble et très obéissant serviteur.

RICHELET (1).

A Monsieur Monsieur Toinard (2).

*
* *

Mabillon informe de Paris Thoynard, alors à Orléans,
de ce que font les érudits de Rome et de Paris qu'ils
connaissent tous deux :

Monsieur,

J'ay receu le pacquet que vous avez bien voulu m'addres-

---

naire historique, Paris, Coignard, 1699, t. III, p. 334) atteste
que Henri Justel se faisait un plaisir singulier d'obliger tous les
gens de lettres ; « et pour mon compte », — ajoute-t-il, — « je
dois avouer qu'il m'a souvent fourni des mémoires pour la vie
de quelques grands hommes. »

(1) Guillaume Prousteau écrivait d'Orléans, le 23 septembre
1681, à Thoynard : «.,. Je vous prie de me mander ce que vous
pensez d'un dictionnaire françois fait par Richelet et pourquoi
l'impression en a été défendue. »

(2) Voici la description que Charavay donnait de cette pièce :
« L. a. s., 29 août 1680, 2 p. pl., in-8°. Jolie lettre. *Très
rare* ».

ser pour le P. Estiennot (1), et je lui feray tenir aujourd'huy. Je vous suis obligé de l'extrait que vous m'avez envoyé de la lettre du P. Noris (2). Permettez moy de vous prier de luy témoigner, lorsque vous luy écrirez, que dom Michel et moy sommes bien reconnaissants des honnêtetés qu'il nous a faites, et que nous voudrions avoir l'occasion de le servir. Je ne sçay si vous savez que M. Bizot (3) est en cette ville pour

(1) Dom Claude Estiennot de la Serre, né à Varenne en 1639, mort à Rome en 1699. Les Bénédictins l'employèrent pour l'histoire de leur ordre en vue de laquelle il recueillit de nombreux et très précieux matériaux. Il jouit de l'estime particulière de trois papes, Innocent XI, Alexandre VIII et Innocent XII, et vécut longtemps à Rome.

(2) Le cardinal Henri Noris, l'un des plus distingués savants italiens du xviiie siècle, né à Vérone en 1631, entra dans l'ordre des Augustins et fut nommé par le pape Innocent XII bibliothécaire de la Vaticane. Le même pape le nomma cardinal en 1695. Benoît Averani (*Benedicti Averanii, Florentini, in Pisano Lyceo literarum humaniorum professoris, Opera*, Florentiae, 1717, t. III, p. 1) écrivait à Noris au moment de son élévation au cardinalat, au nom des prieurs du collège de Pise : « Nec te tam ornat purpura quam ipse purpurae es ornamento. » Il mourut en 1704. Ses principaux ouvrages sont : 1° *Historia Pelagiana* et *Dissertatio de synodo quinta œcumenica* ; — 2° *Dissertatio duplex de duobus nummis Diocletiani et Licinii*, Padoue, 1675 ; — 3° *Cenotaphia Pisana Gaii et Lucii Caesarum*, Venise, 1681 ; — 4° *Epistola consularis*, Bologne, 1683 ; — 5° *Annus et epochae Syro-Macedonum*, Florence, 1689. Zazzeri a publié ses *Œuvres theologiques*, Padoue, 1708, avec une vie de ce cardinal. Ses œuvres complètes ont été recueillies par les soins du comte Mafféi et de Pierre et Jérôme Ballerini, Verone, 1729-1741, 5 vol. Le 4e volume est précédé d'une *Vie* très détaillée de Noris par les frères Ballerini (t. IV, p. 792, se trouve une lettre *ad Nicolaum Toinardum*). Le cardinal Noris était en correspondance avec Nicolas Thoynard. Les mss. fr. de la Bibl. Nat., Nouv. acq. fr. 560-563, *Les correspondants de Thoynard*, renferment quantité de longues lettres du cardinal adressées à l'érudit orléanais sur des questions de chronologie.

(3) Il s'agit sans doute de Pierre Bizot (1630-1696). Il était chanoine de Saint-Sauveur d'Hérisson, au diocèse de Bourges. On a de lui une *Histoire métallique de la République de Hollande*, Paris, 1687, in-fol., avec un *Supplément* publié à Amsterdam,

environ 15 jours. Je fis hier mes complimens à M. l'abbé
Fleury. M. Formentin (1) m'oblige beaucoup d'avoir la
bonté de se souvenir de moy. Je luy présente mes très
humbles respects. Ne reviendra-t-il jamais à Paris? Je me
porte assez bien, Dieu mercy. On imprime notre *Itinéraire* (2).
Dom Michel (3) et Dom Placide (4) vous présentent leurs
respects. Je suis, Monsieur, votre très humble et très obéissant serviteur,

F. Jean MABILLON.

Ce 24 Février 1687,

1690, in-8° ; une traduction en vers latins des chants Iᵉʳ et Vᵉ du
Lutrin de Boileau, insérée dans une nouvelle traduction latine
du *Lutrin*, 1767, in-8°.

(1) Raymond Formentin, grand vicaire de Mgr de Coislin, évê-
que d'Orléans, qu'il accompagna au conclave où fut élu, le 23 no-
vembre 1700, Clément XI. Le manuscrit N. acq. fr. 561 de la
Bibliothèque nationale contient 19 lettres de Formentin à Thoynard et une notice biographique sur ce grand vicaire d'Orléans
que nous avons jadis publiée (cf. E. Jovy, *Guillaume Prousteau,
fondateur de la Bibliothèque publique d'Orléans, et ses lettres inédites à Nicolas Thoynard*, Paris, 1888, p. 75).

(2) *Museum Italicum*, Paris, 1687-89, 2 vol. in-4°, composé en
collaboration avec dom Germain.

(3) Dom Michel Germain, né à Péronne en 1645, accompagna Mabillon dans ses voyages en Allemagne et en Italie, et
l'aida dans la collation des manuscrits et l'explication des monu-
ments qu'il avait dessein de publier. Il mourut à Saint-Germain-
des-Prés en 1694. On a de lui *Commentaria de antiquis regum
Francorum palatiis*, dans le *Traité de diplomatique* de Mabillon,
t. IV ; — *Histoire de l'abbaye royale de Notre-Dame de Soissons*,
Paris, 1677, in-4° — et un *Monasticon gallicanum, sue historiae
monasteriorum ordinis S. Benedicti in compendium redactae* qui
demeura manuscrit.

(4) Don Placide Porcheron, bénédictin, né en 1652 à Château-
roux, mort à Paris en 1694. Il fut bibliothécaire de l'abbaye de
Saint-Germain-des-Prés. Il a donné : *Anonymi Ravennatis de geo-
graphia libri quinque*, Paris, S. Langronne, 1688, in 8 ; *Maxi-
mes pour l'éducation d'un jeune seigneur, suivi de la traduction des
Instructions de l'empereur Basile le Macédonien pour son fils Léon
le Philosophe*, Paris, S. Langronne, 1690, in-12. Il a travaillé
avec dom Ruinart aux notes des *Acta primorum martyrum sin-
cera*, Paris, 1689, in-4°.

On debite le *S**-Léon* de M. Mainbourg (1).

A Monsieur Monsieur Toinard chez Madame la Présidente, à Orléans (2).

*   *
*

Nicolas Thoynard s'occupait de numismatique. Il a laissé des dissertations dont l'une traite des médailles de Galba, de Caracalla et de Trajan, 1689, in-4°, et l'autre, de l'empereur Commode, 1690, in-4°. Il n'est donc pas étonnant que nous ayons, dans ces quelques dossiers, des lettres de deux numismates qui, tous deux de Reims, dirigèrent successivement le Cabinet royal des Médailles, — Rainssant (3) et

(1) Maimbourg, *Histoire du Pontificat de Saint-Léon le Grand.* Paris, 1687, in-4°. L'erreur d'orthographe de Mabillon : *Mainbourg* correspond bien au *Handburg* de La Bruyère dans son chapitre *Des ouvrages de l'esprit.*

(2) Charavay avait décrit ainsi cette lettre : « Mabillon (Dom Jean), l'un des plus illustres érudits de son temps, né à Saint-Pierremont (Champagne), 1632. m. 1707. L. a. s., 24 février 1681, 2 p. in-8°. Jolie lettre. » Nous avons, comme Charavay, plutôt lu 1681, mais nous croyons qu'il faut dater cette lettre de 1687.

(3) Pierre Rainssant naquit à Reims en 1640, étudia d'abord la médecine avec beaucoup de succès. La découverte d'une urne remplie de médailles détermina ensuite son goût pour la numismatique, sans lui faire négliger sa profession première qu'il vint exercer à Paris. Ses connaissances le firent nommer directeur du cabinet des médailles du roi, et il fut admis l'un des premiers à l'académie des inscriptions et médailles. Se promenant dans le parc de Versailles, il tomba par accident dans une pièce d'eau et s'y noya le 7 juin 1689. On a de lui : *Quaestio medica, an cometa morborum prodromus?*, Reims, 1665, in-4 ; *Dissertation sur l'origine des fleurs de lys*, Paris, 1678, in-4° ; *Dissertation sur 12 médailles des jeux séculaires de l'empereur Domitien*, Paris, 1684, in-4°, traduit en latin et en italien ; *Explication des tableaux de la galerie de Versailles*, Paris, 1687,

Oudinet (1). Il y a une lettre de Rainssant (2) et treize lettres d'Oudinet.

De ces quatorze documents nous ne citerons intégralement qu'une lettre d'Oudinet relative à un visionnaire qui eut son heure de célébrité, François Michel, qui, sur la foi d'une apparition, voulut entretenir Louis XIV. Ce François Michel était un maréchal-ferrant de Salon. Il venait de cette Provence sur le mysticisme élevé de laquelle M. Henri Brémond a écrit un livre si pénétrant et qui est l'une de nos plus remarquables études actuelles d'histoire régionaliste (3). Oudinet raconte très

in-4° et quelques autres *dissertations* dans le *Journal des savants.* Cf. Dr Pol Gosset, *Catalogue de lettres autographes de Rémois célèbres,* dans les *Travaux de l'Académie nationale de Reims.* Reims. Michaud, 1910, t. 127, p. 115.

(1). Marc-Antoine Oudinet, antiquaire et numismate, né en 1643 à Reims où il est mort le 22 janvier 1712. Une note manuscrite qui accompagne ces lettres d'Oudinet à Thoynard dit qu' « Oudinet remplissait la place de professeur de droit à Reims avec distinction lorsque Rainssant, son parent. l'appela auprès de lui et l'engagea à venir partager le soin et le travail dont il était chargé en sa qualité de garde du cabinet des médailles du roy. Oudinet obtint sa place quelques années après ; il mit beaucoup d'ordre et d'arrangement dans le précieux dépôt ; le Roi lui accorda une pension ; l'Académie des inscriptions l'admit dans son sein en 1701. On a de lui trois dissertations dans la Collection académique, — l'une sur *l'origine du mot médaille.* — l'autre sur *les médailles d'Athènes et de Lacédémone,* — et la troisième sur *deux agathes du Cabinet du Roy.* » Gros de Boze a prononcé à l'Académie l'éloge d'Oudinet (*Histoire de l'Académie des Inscriptions,* t. III) et Niceron en a inséré un extrait dans le tome IX de ses *Mémoires pour servir à l'histoire des hommes illustres.* Cf. Dr Pol Gosset, *Catalogue de lettres autographes de Rémois célèbres,* dans les *Travaux de l'Académie nationale de Reims,* Reims, Michaud, 1910, t. 127, p. 114.

(2) Description de la lettre de Rainssant donnée par Charavay : « L. a. s., Versailles, 18 juin 1686, 1 p. in-4°. Jaunie. Rare. »

(3) Henri Brémond, *La Provence mystique au XVIIe siècle, Antoine Yvon et Madeleine Martin.* Paris, Plon, 1908.

simplement le passage de François Michel à la Cour sur lequel il semble que Saint-Simon (1) se soit complu à rapporter et peut-être à broder une foule de particularités.

A Versailles, le 23 avril 97 (2).

Le mauvais temps m'empescha de vous aller voir dimanche l'apres dinee et me fit revenir bien viste à Versailles, d'où j'estois parti le matin très résolu de passer à Paris au moins deux ou trois jours. J'avois bien des choses à vous dire, cependant, sans compter les avantures de l'envoyé de Provence qui s'en retourna hier très content de sa mission. Il n'a point parlé au Roi (3), ou du moins son audiance a esté bien secrete de toutes parts, mais il a salué S. M. à la portière de son carosse, comme on vous l'a dit, et il a été regardé assès curieusement. Vous sçavès sans doute toutes les circonstances de sa vision ; je lui ay entendu compter plusieurs fois et tousjours de mesme. Après avoir passé la soirée chez son voisin, le 8ᵉ décembre, jour de la Conception, il en sortit à onze heures pour rentrer chez lui, mais, estant à sa porte, l'envie lui prit tout d'un coup d'aller faire encore un tour avant que de se coucher. Il faisoit beau temps et beau clair de lune. Il alla donc vers la porte de la ville qui est tousjours ouverte, marcha vers une petite chapelle de Saint-Pierre, à une portée de pistolet dans la campagne, de là à une autre chapelle de Notre Dame de Bon Voyage qui est sur le

(1) Saint-Simon, *Mémoires*, édition Chéruel, Paris, Hachette, 1856, in-8°, t. II, p. 287 et suiv. Voy. aussi l'abbé Proyart, *Vie du Dauphin, père de Louis XV*. Paris, Méquignon junior, 1825, t. II, p. 107 et suiv.

(2) Nous avons lu, comme avait lu Charavay, « 23 avril 97 ». Si la date de notre lettre est exacte, comme il semble, la *Nouvelle biographie générale*, Didot-Hœfer, Paris, 1861, t. XXXV, p. 373, a tort de placer le voyage de François Michel à Paris en 1699. Elle a suivi en cela le *Saint-Simon* de Chéruel (*Mémoires complets et authentiques du duc de Saint-Simon*, collationnés sur le manuscrit original par M. Chéruel, Paris, Hachette, 1856, in-8°, t. II, p. 287).

(3) Saint-Simon et l'abbé Proyart disent que François Michel aurait été reçu par le roi.

mesme chemin (1) et enfin à une esplanade un peu au delà récitant les litanies de la Vierge. Ce fut là qu'il s'entendit appeler par son nom François Michel. Il regarda autour de lui et ne vit rien. La frayeur le prit, et elle augmenta encore plus un moment après lorsqu'il sentit comme deux mains appuyées doucement sur ses deux épaules. Il crut s'évanouir dans cet instant et perdit presque toute connoissance, mais une liqueur agréable qu'il sentit dans sa bouche l'ayant fait revenir et rassuré, il apperceut à trois pas de lui *une belle figure blanche d'un teint admirable,* ce sont ses termes, et qui tenoit un flambeau à la main (2). Vous savez sans doute, Monsieur, le langage de cette belle figure : « Ne crains rien, François Michel, je m'appelle telle (3) et de peur que tu n'oublies mon nom, tu l'écriras quand tu seras chez toi. Il faut que tu ailles trouver le Roi et que tu luy dises ou à quelqu'un de ses ministres qui aura ordre de t'entendre (4). Sinon, il t'arrivera ce qui est déjà arrivé à quatre autres personnes à qui j'ai desjà ordonné la mesme chose et qui n'y ont pas satisfait ». Le bonhomme répondit qu'il le feroit. La figure disparut, et d'immobile qu'il estoit pendant cette apparition qui dura, dit-il, près d'un quart d'heure, il se sentit tout d'un coup comme délié et en estat de regagner son logis au plus viste. J'oubliois de vous dire qu'il fut aussi ordonné de voir l'Intendant et de partir avant le premier

(1) L'*Itinéraire complet de la France ou tableau général de toutes les routes et chemins de traverse de ce royaume,* Paris, Louette, 1780, t. I, p. 170, indique que la route de Salon à Marseille passait « au levant de S¹-Roch et de N. D. de Bon Voyage ».

(2) Proyart parle toujours d'un *spectre.*

(3) La « glose » ou l'une des « gloses » sur cet événement disait que c'était la reine Marie-Thérèse. Saint-Simon le rapporte : « Une personne vêtue de blanc, et pardessus à la royale, belle, blonde et fort éclatante, l'appela par son nom, lui dit de la bien écouter, lui parla plus d'une demi-heure, lui dit qu'elle étoit la reine qui avoit été l'épouse du roi, lui ordonna de l'aller trouver et de lui dire les choses qu'elle lui avoit communiquées, que Dieu l'aideroit dans tout son voyage... »

(4) Il semble que l'auteur de la lettre oublie ici volontairement de dire ce que la « belle figure blanche » avait ordonné à François Michel d'annoncer au roi, de même qu'il n'a pas voulu mettre de nom sur cette « belle figure blanche ».

Mars. Voilà le texte pur et simple. Une autre fois je vous parlerai de la glose (1). En général on a traité cette affaire-là assez sérieusement ici, et moi qui vous parle, je n'ai pu m'empescher de croire cet homme toutes les fois que je l'ai vu, et tant qu'a duré la vision, quoiqu'à dire le vrai, la foi n'ait pas esté le mesme train hors de la présence.

M. Rigord (2) est ravi que nous ayons retrouvé son roi

(1) Voici ce que « glose » Saint-Simon avec ce déluge d'imagination et de mots qui en impose : « Des fureteurs ont voulu se persuader, et persuader aux autres, que ce ne fut qu'un tissu de hardie friponnerie dont la simplicité de ce bonhomme fut la première dupe. Il y avait à Marseille une Mme Arnoul, dont la vie est un roman, et qui, laide comme le péché, et vieille, pauvre, et veuve, a fait les plus grandes passions, a gouverné les plus considérables des lieux où elle s'est trouvée, se fit épouser par ce M. Arnoul, intendant de marine à Marseille, avec les circonstances les plus singulières et à force d'esprit et de manège se fit aimer et redouter partout où elle vécut, au point que la plupart la croyoient sorcière. Elle avoit été amie intime de Mme de Maintenon, étant Mme Scarron ; un commerce secret et intime avoit toujours subsisté entre elles jusqu'alors. Ces deux choses sont vraies : la troisième, que je me garderai bien d'assurer, est que la vision et la commission de venir parler au roi fut un tour de passe-passe de cette femme, et que ce dont le maréchal de Salon étoit chargé par cette triple apparition qu'il avoit eue, n'étoit que pour obliger le roi à déclarer Mme de Maintenon reine. Ce maréchal ne la nomma jamais, et ne la vit point. De tout cela jamais on n'en a su davantage ». Peut-on croire à tous ces « potins » qui sont « l'histoire chez la portière » ?

(2) Jean-Pierre Rigord, antiquaire, membre de l'Académie de Marseille où il était né en 1656, occupa divers emplois dans la marine, et profita des fréquents voyages auxquels l'obligeaient ses fonctions pour rassembler un grand nombre de médailles et d'antiques. Cette collection, ainsi que sa bibliothèque, furent acquis après sa mort, arrivée en 1726 par le président Lebret. On a de Rigord : *Lettre à Graverol sur une médaille du dieu Pan*, 1689 ; *Dissertation historique sur une médaille d'Hérode Antipas*, Paris, 1689, in-4° ; *Lettre sur une ceinture de toile trouvée en Égypte autour d'une momie*, Paris, 1704 ; *Dissertation sur l'origine des langues et de l'écriture*, Paris, 1704, et quelques autres opuscules dans les *Mémoires de Trévoux* et le *Mercure* » (*Biographie universelle*, Paris, Furne, 1833, t. V, p. 2571).

fugitif, mais il ne convient pas que son valet ait favorisé son évasion le moins du monde.

Vous verrez au premier jour le portrait de François Michel (1), et moy je serais charmé de vous voir en original avec les deux amis (2).

Oudinet n'oublie pas, comme on voit, la numismatique. Elle réapparaît avec le nom de M. Rigord, et son zèle pour la recherche des médailles au profit du Roi devait être très grand. Je n'en veux pour preuve que ce fragment d'une autre lettre :

A Versailles, le 26 janvier 97.

S'il vous tombe sous la main un capucin picard à barbe

(1) Il y aurait « deux portraits de Michel format in-4°, l'un de Bonnard, l'autre de Rousselet ». Michel retourna en Provence. Fatigué de la curiosité qu'il excitait, il quitta Salon pour aller à Lanson où il mourut, le 10 décembre 1726, âgé de soixante-cinq ans.

(2) Charavay avait catalogué ces pièces de la façon suivante :
« Oudinet (Marc-Antoine), savant antiquaire et numismate, garde des médailles du cabinet de Louis XIV, membre de l'Académie des Inscriptions, né à Reims (Marne), 1643, m. 1712. 13 lettres dont 6 seulement sont signées, 1682-97, 22 p. in-4°; cachets. Une de ces lettres est déchirée, une autre tachée. Intéressante correspondance presque toute relative à la numismatique. Dans une lettre datée de Versailles, 23 avril 1697, il raconte la réception faite à un provençal, nommé François Michel auquel un ange [?] avait ordonné d'aller trouver le roi. Curieux détails à cet égard. » Parmi ces 13 lettres, il y en a d'adressées à Nicolas Thoynard, et aussi à M. Dron et à l'abbé Nicaise. François Dron, mort à Paris en 1702, s'occupait d'antiquités. Il était prêtre, devint aumônier de l'archevêque de Paris Péréfixe, puis chanoine de Saint-Thomas du Louvre. Il avait une grande connaissance des médailles. Il en possédait une riche collection qui a été souvent citée dans les écrits de Toinard, Rainssant, Rigord, Vaillant et autres antiquaires. C'est à Dron que Thoynard avait adressé sa dissertation *De Galbae numismate Aegyptiaco*. L'abbé Nicaise est trop connu des érudits pour que nous insistions sur lui.

rousse nouvellement débarqué de Rome, vengez moi, s'il vous plaît, du refus qu'il m'a fait d'une médaille que je lui ai demandée et pour laquelle je lui en ai offert une douzaine des meilleures. Mais non, ne me vengez pas, je comprends trop quel plaisir c'est pour un capucin ambulant de promener dans sa manche une médaille que le Roi n'a point (1).

A Monsieur Monsieur Toinard, rue Mazarine, devant l'Espée Royale, à Paris.

*
* *

Le P. Bernard de Montfaucon, non moins zélé pour la recherche des manuscrits qu'Oudinet pour celle des médailles, écrivait de Rome à Thoynard quelques renseignements sur ses investigations dans les bibliothèques, sans manquer d'apporter à son confrère en érudition quelques informations sur des médailles samaritaines :

à Rome, ce 30 décembre 1698.

M. Toinard,

Je vous souhaite une bonne année, Monsieur, et vous remercie très humblement du bon avis que vous me donnez pour les Hexaples. J'ay dejà été à la Bibliothèque de Chiggi (2) et j'ay remarqué les manuscrits dont vous me parlez. Nous ferons nos efforts pour en avoir la communica-

---

(1) Il semble qu'il y ait là comme un souvenir du *Diognète,* l'amateur de médailles, de La Bruyère, ou encore de ce trait qui termine le portrait de l'amateur d'une espèce unique de prunes : « ... Que j'observe les traits et la contenance d'un homme qui seul entre les mortels possède une telle prune ! »

(2) Sur la bibliothèque Chigi, cf. Valery, *Voyages historiques et littéraires en Italie pendant les années 1826, 1827 et 1828 ou l'Indicateur italien*, Paris, Vve Lenormant, 1853, t. IV, p. 146 et suiv.

tion. Outre ceux-là j'en ay un qu'on m'a prêté où se trouvent un grand nombre de différentes leçons des anciens interprètes sur le Pentateuque et sur les Juges. J'ay tiré l'ectype (1) de deux médailles samaritaines que je vous montreray à Paris. Il y manque quelques lettres. Dans l'un il y a Simeon avec telle lettre qui fait T. Le revers est un peu gâté, mais vous verrez tout cela à loisir. Mr Rostgaard (2) travaille avec succès aux épîtres de Libanius. Il en a plus de treize et en découvre tous les jours de nouvelles. J'espère arriver à Paris au mois de may prochain. Nos recherches ont tout le succès que nous pouvons espérer. Je suis en peine de M. l'abbé de Longuerue. Je crains qu'il ne soit bien

(1) L'*ectype* est le relief obtenu à l'aide d'un moule creux ou pris d'un objet quelconque. Ce terme s'applique à la reproduction d'une médaille, à l'estampage d'une inscription.

(2) Frédéric de Rostgaard, savant danois, né en 1671 au château de Kraagerop en Sélande, manifesta de bonne heure du goût pour la recherche des manuscrits, entreprit pour son instruction divers voyages en Hollande, en Italie et en France et, de retour en Danemark (1699), obtint successivement les emplois d'archiviste à Copenhague, de conseiller de justice, de directeur de la Compagnie des Indes, de bailli, puis, pensionné par le roi, il reçut enfin en 1735 le titre de conseiller de conférence. Il mourut en 1745 à Kraagerop, après avoir formé plusieurs collections de manuscrits et de livres dont l'une fut par lui vendue à l'enchère en 1726, une autre léguée à l'université de Copenhague, ainsi qu'une imprimerie persane ou arabe. Outre la découverte ou la publication de plusieurs ouvrages oubliés ou trop peu connus, on lui doit en propre quelques opuscules, tels que : *Projet d'une nouvelle méthode pour dresser le catalogue d'une bibliothèque selon les matières*, Paris, 1698, in-fol., réimprimé dans le *Sylloge aliquot scriptorum de bene ordinanda bibliotheca*, publié par J.-D. Kœler. Il a de plus laissé en manuscrit un *Lexicon danico-latinum* et un *Thesaurus genealogicus familiarum nobilium Daniae*. On trouvera d'amples détails sur les services qu'il a rendus aux lettres par ses investigations dans la notice qui lui a été consacrée aux t. VI et VIII de la *Dænische Bibliotek*, notice dont lui-même avait fourni les matériaux. Pendant ses voyages, Rostgaard avait copié beaucoup de manuscrits où il avait trouvé, entre autres, des *Lettres* inédites de Libanius et de l'empereur Julien publiées plus tard par Wolf, *Libanii epistolae* (Amsterdam, 1738, in-fol.), et par Fabricius.

malade. J'attends tous les jours de ses lettres et M. l'abbé Bertet, son amy, en est en peine aussi bien que moy. Tout à vous, Monsieur.

Fr. B. DE MONTFAUCON.

m. b.

Je joins, Monsieur, mes respects à ceux que vous fait le P. de Montfaucon. J'ay reçu celles que vous m'avez fait l'honneur de m'escrire et celle qui estoit pour Monsieur de Rostgaard que je croys qu'il vous a fait response. Vous ne me parlez pas de vostre famille (1). Je croys qu'elle diminue de nombre au lieu d'augmenter. Agrées que je la salue, et vous asseure en bon guespin comme y ayant droit de bourgeoisie, que je suis avec respect et de tout mon cœur, Monsieur, vostre tres humble et très obéissant serviteur,

F. CLAUDE ESTIENNOT.

A Monsieur Monsieur Toinard, à Paris.

On me pardonnera d'avoir tiré de l'oubli auquel elles étaient assurément condamnées pour longtemps encore, ces quelques lettres. *Habent sua fata epistolae.*

(1) Thoynard était d'une excellente famille de l'Orléanais. Beaucoup de membres de sa famille avaient occupé et occupaient de hautes fonctions dans la province. Son père avait été, de 1633 à 1676, président alternatif au siège présidial d'Orléans. Sa mère était Anne de Beauharnais.

CHARTRES. — IMPRIMERIE DURAND, RUE FULBERT.

LA QUERELLE DES ANCIENS ET DES MODERNES

Une première attaque inconnue de Claude Garnier, le dernier tenant de Ronsard, contre Théophile de Viau

PAR

FRÉDÉRIC LACHÈVRE

PARIS

LIBRAIRIE HENRI LECLERC

219, RUE SAINT-HONORÉ, 219

et 16, rue d'Alger

1912

CLAUDE GARNIER CONTRE THÉOPHILE DE VIAU

LA QUERELLE DES ANCIENS ET DES MODERNES

*Une première attaque inconnue
de Claude Garnier,
le dernier tenant de Ronsard,
contre Théophile de Viau*

PAR

FRÉDÉRIC LACHÈVRE

PARIS

LIBRAIRIE HENRI LECLERC

219, RUE SAINT-HONORÉ, 219

et 16, rue d'Alger

1912

LA QUERELLE DES ANCIENS ET DES MODERNES

UNE PREMIÈRE ATTAQUE INCONNUE
DE CLAUDE GARNIER,
LE DERNIER TENANT DE RONSARD,
CONTRE THÉOPHILE DE VIAU

Dans notre relation du procès de Théophile de
Viau (1). à la notice sur le différend entre Théophile
et Claude Garnier (2), nous ne nous expliquions pas
pourquoi ce dernier avait attendu huit mois (fin mars
1624) avant de répliquer au manifeste littéraire placé
en tête des *OEuvres de Théophile, seconde partie, 1623*
(juin), par sa virulente *Ateinte contre les impertinences
de Théophile ennemy des bons esprits*(3). L'indignation
de Claude Garnier se justifiait au lendemain des critiques de Théophile contre Ronsard, critiques qui se
produisaient peu de temps après la splendide édition

(1) *Le libertinage devant le Parlement de Paris. Le Procès du
poète Théophile de Viau (11 juillet 1623–1 septembre 1625). Publication intégrale des pièces inédites des Archives nationales. Paris,
1909, 2 vol. in-8.*

(2) Ib., t. II, p. 133. *Le premier engagement de la querelle
des anciens et des modernes. Théophile et Claude Garnier (juin 1623-
mars 1624).*

(3) MDC.XXIIII, in-8 de 11 p. chiff.

des œuvres de ce poète duc aux soins de Philippe Galand, principal du collège de Boncourt, et à ses propres soins(1), elle ne se comprenait guère s'adressant au prisonnier de la tour de Montgommery.

N'ayant pu déterminer la cause certaine de ce silence, prolongé au delà de toute mesure, nous en étions réduit aux hypothèses et nous proposions celle-ci : « Claude Garnier, craignant la verve cinglante de Théophile avait saisi l'instant où le poète de Boussères, déprimé par six mois de détention, ne devait pas être en mesure de répondre à une attaque anonyme ». Nous avouons que notre supposition était peu à l'honneur de Claude Garnier !

Nous lui faisions tort : *L'Ateinte contre les impertinences de Théophile* n'était qu'une suite. Claude Garnier, toujours sous le couvert de l'anonymat, n'avait pas perdu une minute pour fustiger, non le détracteur de Ronsard, mais celui qu'il considérait comme un ennemi. Dès juillet 1623 il sortait de ses papiers pour en former une petite plaquette quelques satires de composition assez récente et il les complétait par deux pièces dans lesquelles il couvrait Théophile d'injures.

*
* *

Si le livret en question nous a échappé, la faute en est à l'admirable — le mot n'est que juste — *Diction-*

(1) OEuvres de Pierre Ronsard .... prince des poètes françois, revues et augmentées, et illustrées de commentaires. Paris. Nicolas Buon (ou Barthelemy Macé) ; un tome en deux vol. in-folio, portr. et fr. gr. Le beau frontispice de Léonard Gaultier qui ornait l'édition de 1609 est retouché, *la Naiade nue est voilée par ses cheveux.* Cette simple modification en dit long sur l'état d'esprit général à la veille du procès de Théophile (voir Pierre Louÿ : La statuë de la Vérité, dans *Archipel*, 1906).

naire des anonymes de Barbier ; nous disons admirable avec la plus entière sincérité. Une erreur ne peut diminuer l'autorité d'un travail où les renseignements exacts sont innombrables. Nous connaissions en effet le titre de ce livret : *Le Satyrique françois,* mais comme Barbier l'attribuait à un sieur *de Mesnié, dauphinois,* parfaitement inconnu d'ailleurs, et le datait de 1615, il ne devait avoir rien à faire avec le procès du libertinage et avec Théophile lui-même. Malheureusement le nom de l'auteur était faux et la date erronée ; il fallait mettre à la place de *Mesnié, Claude Garnier* et, au lieu de 1615, juillet 1623. Le simple exposé du contenu de ce livret suffira à prouver notre allégation.

Le Satyrique françois (1) a été imprimé sous le manteau ; il ne porte ni nom de ville, ni nom de libraire ou d'imprimeur, ni date. C'est un in-8 de 88 p. sans le mot fin. Au bas de quelques pièces se lit la devise *Plus ultra.* Cette devise n'est pas celle que le poète prenait habituellement : *Petit dans les petites choses et grand dans les grandes* (toujours imprimée dans ses livres en caractères grecs) mais elle est dans le même esprit. Il va de soi que Garnier l'a changée à seule fin de ne pas se découvrir. Mais, reconnaissons-le de suite, l'homme ne pouvait se transformer, toutes ses poésies portent sa marque de fabrique, elles traduisent plus ou moins brutalement son tempérament atrabilaire et ses doléances de rimeur méconnu. La qualité de *poète royal,* dont il se parait avec Robert Bordier, le rendait d'une jalousie féroce à l'égard de ses confrères en Apollon, particulièrement envers ceux qui, comme Théophile, avaient l'oreille des courtisans.

(1) Bibliothèque de l'Arsenal.

Cette jalousie, innée chez lui(1), n'était pas cependant sans quelque fondement ; il voyait ses doctrines littéraires subir chaque jour de rudes assauts : Ronsard, son Dieu, était renié par Malherbe et ceux de son école, il constatait que Théophile, rival de Malherbe, se rencontrait avec ce dernier au sujet de Ronsard, et il se sentait surtout dédaigné et oublié. Ses vers laudatifs, froidement accueillis par ceux auxquels il les destinait, se perdaient dans l'indifférence générale. Était-ce pour réveiller l'opinion qu'il se décida en 1622 et 1623 à composer des satires, genre qu'il avait négligé jusque-là ? Était-ce simplement pour soulager sa mélancolie ? Quoi qu'il en soit, le *Satyrique françois* ne devait pas exciter la moindre émotion, le hasard seul nous a mis sur la trace de son auteur. Le lui a-t-on attribué au moment de son apparition ? C'est probable et ce fut tant pis pour lui. Dans une pièce de cette plaquette(2) il se montre d'une maladresse insigne : n'engage-t-il pas Louis XIII à écouter sa mère qui ne devait jamais ressaisir en France une parcelle d'autorité ? Pour un *poète royal,* c'était la plus grosse faute à commettre.

*
* *

Le Satyrique françois comprend (en dehors des deux pièces visant Théophile de Viau) cinq satires ou discours plus ou moins satiriques et trois poésies laudatives.

La première pièce intitulée *Satyre* a pour sujet les courtisans ; elle commence par une attaque contre Malherbe et ses disciples :

(1) Nous en avons cité de nombreux exemples, voir le *Procès de Théophile,* t., II p. 149 et suivantes.
(2) *Deuxième discours à monseigneur frère du Roy touchant les dernières paroles que Louis VIII roy de France adresse à S. Louis son fils.*

Je m'expose en public devant les Aristarques,
Qui règlent l'entregent de la Cour des Monarques,
Espluchent le parler, reforment les effects ;
Si bien que par eux seuls il s'en void de parfaicts,
Je sçay qu'ils ont donné et donnent l'estrillade
A ceux dont nos ayeuls illustroient leur parade,
Que Jodelle, Ronsard, du Bellay, et Belleau,
Sont par eux condamnez de couler à vau l'eau,
Et ne suis pas si fat d'espérer qu'on me traicte
D'une façon qui soit plus doucement discrete :
Mais je ne les crains point, au contraire je croy
Que ceux qui me liront respondront bien pour moy ;
Car au fons des François l'humeur est honorable,
Et maintiennent tousjours un homme véritable,
Qui parle à cœur ouvert pour le bien du pays ;

Il fait ensuite allusion « à un faussaire qui, de haute
lutte », suivant sa propre expression « tendait à lui
ravir les avantages de la maison dont il était sorti »(1).

Lors que les plus mattois font plus les ébays,
Je leur casse du grés, pour toutes leurs menasses,
Nul ne me blessera que quelques ames basses,
Qui ont comme pourceaux toujours le nez en bas
Pour rechercher les mets propres à leurs repas,
Et crevent de plaisir, voyans un homme sage
Monter au ciel tandis qu'ils volent son partage,
Font mille soubresauts de joye tous espris,
Lors qu'ils ont quelque bien par malice surpris,
A quelque pauvre niais fait à la vieille mode :
Car par leurs documens sage est qui s'accommode,
Qui ne prend quand il peut, à manque de raison ;
Chercher, prendre, et tenir font bonne la maison,
Qui prend quand il le peut sur la terre et sur l'onde,
Et tient fort quand il a, il entend bien son monde,
Ceux qui font autrement, à leur dire, sont fous,
Et ne peuvent servir que de risée à tous.

(1) Cette assertion est prise dans les dernières lignes de son
commentaire de l'édition in-folio de Ronsard, 1623, p. 1404 du
t. II.

> Ainsi ces grands esprits qui nazardent la Lune,
> Trouvent bon de voler pour bastir leur fortune,
> *Soit leurs proches parents*, soit le peuple menu,
> Soit l'Eglise de Dieu, ou bien son revenu.
> Sans nulle exception leur loy consiste à prendre,
> A serrer, à tenir, et à jamais ne rendre :
> Et ne s'avisent pas les pauvres insencez,
> Que la mort leur ravit tous leurs biens amassez,
> Qu'elle les suit tousjours, et tous les jours ordonne
> Quelque escadron de maux sur leur vile personne...

Après cette digression Garnier rentre dans son sujet, il malmène les courtisans, leur reproche de craindre la guerre tout en en parlant beaucoup et de fréquenter les cuisines de préférence aux camps. Cette question des cuisines joue un grand rôle dans les préoccupations de Garnier, il les estimait plus qu'il ne le dit (1)!

> Mais où va-je resvant, tournons à nos moutons,
> Qui polissent l'esprit de l'aisné des Catons,
> Qui font depuis dix ans les Muses reformées,
> Rafinent les Conseils, ordonnent les armées ;
> Si bien que si le Roy suivoit leur ordre mis,
> L'aspect en crèveroit ses plus fiers ennemis,
> Les villes se fondroyent devant leurs canonnades,
> Si l'effect respondoit à leurs rodomontades :
> Les pauvres huguenots tomberoient à monceaux,
> Devant leurs grands engins, espois comme Estourneaux.
> Mais où les prendrons-nous, ils respectent la guerre,
> Et ny sont point allez, à cause du tonnerre ;

(1) Garnier n'est pas cité dans la satire de la *Pauvreté des poètes* de Boissières et il méritait bien d'y figurer. En voici le début :

> Prend Philandre, congé des Muses
> C'est en vain qu'elles font les buses,
> En cherchant fortune à Paris
> A la cour de nos favoris.
> Là ces Nymphes du Mont-Parnasse
> Joignent la Lyre à la besace,
> Et ne gagnent qu'un pied de dents
> Devant l'huis des Sur-Intendans...

Car ils cognoissoient bien que nous aurions la paix
Plustost qu'ils eussent mis les battaillons espaix
Des felons ennemis, estandus sur la poudre,
Par les coups mesurez de leur guerrière foudre.
Comme au temps de jadis en cent mille combats,
Où les François ont mis tous leurs ennemis bas
Par leur dextérité. Car qu'eust fait Merlusine,
S'ils se fussent tousjours tenus dans la cuisine
Comme ils font à présent, qu'eust faict Charles Martel
S'ils eussent faict la cour à son maistre d'hostel,
Quand il falut paver toute nostre campagne
A coups de praguemards des Sarrasins d'Espagne.
Mais pour le faire court, où seroient les François,
Si ces maistres de Mars eussent mussé leurs loix
Comme ils font à présent, et si la récompence
Ne leur eust débusqué la valeur de la pance ?
Nous serions tous perdus, et la France seroit
A la main du premier qui la possederoit,
Ils ont doncques raison de renoncer la guerre,
Et j'aurois un grand tort de les y aller querre.
Ils sont trop mal cognus et mal recompensez
De leurs combats rendus par les siècles passez :
D'ailleurs on ne les met aux bonnes entreprises,
Non plus que s'ils estoient des vieux peteux d'Eglises.
Cherchons doncques ailleurs, ils ont l'esprit trop haut
Pour se trouver aux lieux où la table defaut.
Mais où ? je suis au guet, et ne vous sçaurois dire
En quel mont à présent leur troupeau se retire,
Ils sont si debiffez que leurs pauvres manteaux
Montans au double mont se mettroient à lambeaux.

Garnier vise particulièrement ceux qui avaient quitté
la Réforme par amour de l'argent et donne comme
mobile à leur conversion au catholicisme l'espérance
d'obtenir quelques bénéfices pour eux ou leurs proches.
Le manque de tact était visible, nombre de grands seigneurs se trouvaient dans ce cas : nous citerons comme
exemple le premier protecteur de Théophile, le comte
de Candale, fils aîné du duc d'Épernon, qui, après s'être

rallié au protestantisme (1616) par amour pour la duchesse de Rohan, n'avait pas hésité à rentrer au giron de l'église romaine (fin 1617) dans l'espoir de décider le Pape à accorder le chapeau de cardinal à son frère l'archevêque de Toulouse. Garnier non seulement s'aliénait les nouveaux convertis mais il allait contre la volonté de Louis XIII qui facilitait de tout son pouvoir, et même pécunièrement, les abjurations des calvinistes :

> Lorsque les Huguenots s'eschauffoient en leur zele,
> Une partie d'eux estoient de leur sequelle ;
> Mais leur zele a pris fin depuis vingt ou trente ans,
> Que leurs Pasteurs entre eux ont esté disputans.
> Que l'un a repurgé par la clef de nature,
> Ce que l'autre alleguoit de la Saincte Escriture,
> Que l'autre a soustenu contre son aggresseur.
> Que ce qu'il alleguoit n'estoit ny bon ny seur,
> Que les Lutheriens blasment les Calvinistes,
> Et les Calviniens damnent les Lutheristes,
> Que les Armeniens dégorgent leur venin
> Contre Martin Luther, et contre Jean Calvin.
> Depuis que l'on a veu débattre ces Prophètes,
> Qui se disoyent de Dieu les fidèles trompettes,
> Et que l'on a cogneu par leurs discours pipeurs.
> Qu'ils trompetoient fort mal, mais estoient bons trompeurs,
> Chacun s'est refroidy, et n'a plus faict d'estime
> De leur religion, en prose ny en rithme.
> C'est pourquoy ces Messieurs les voyans dépitez,
> Ont plié leurs papiers, et vous les ont quittez,
> Et quittans leur humeur huguenotte et hautaine,
> Se sont jettez aux pieds de l'Eglise Romaine,.
> Protestant qu'aussitost qu'ils se sont apperceuz,
> Comme ils estoient ailleurs impiement desceuz,
> Ils se sont retirez de l'erreur manifeste,
> Pour venir avaler sa doctrine celeste,
> Afin de repurger leur cœur et leur cerveau,
> Si bien qu'il n'y restast erreur vieil ny nouveau,
> Luy promettant aussi avecque reverence,
> De publier par tout sa très saincte clemence ;

> Si elle comme estant la mère de tout bien,
> Leur faisoit délivrer quelque bon entretien.

Les ministres protestants ne sont pas plus heureux :
ils ne prêcheraient pas s'ils n'avaient leurs gages en
poche :

> De rien ne se faict rien. Jamais âme huguenotte
> Ne fait du bien pour rien, tant soit-elle devote ;
> Car elle ne croit pas que ceux de Paradis
> Se plaisent de payer les debtes de jadis.
> Leur loy parle au rebours et leurs Ministres mesmes
> Craignant de perdre tout ne font point de Karémes,
> Ne donnent rien à Dieu et ne prescheroient point
> S'ils n'avoient tout premier leur gage dans le poing,
> Il faudroit que leur Loy fust grandement troublée,
> S'ils aloyent sans argent tenir leur assemblée,
> Que s'ils font les zellez en leur profession,
> Ils le font pour le gain sans autre affection
> Que d'induire tousjours par la saincte Escriture
> Les leurs à leur fournir toute leur nourriture...

Il termine par un grand éloge de Ronsard, stigmati-
sant ses confrères en poésie qu'il accuse de n'avoir rien
fait pour le bien du pays, de se contenter de piller Ho-
mère, Maron, etc., quand ils ne parlent pas de b..... :

> Quels Poëtes sont cecy ? ils mesprisent tout ordre,
> Je ne les craindray pas, qu'ils viennent pour me mordre,
> Et je leur monstreray sans aller estrivant
> Que leur cerveau leger ne contient que du vent,
> Et que si j'eusse sçeu que leur belle science
> Consistat à n'avoir aucune conscience,
> Et à mettre les bons plus bas que les meschans,
> J'aurois depuis vingt ans battu dessus les champs,
> Et tellement drappé dessus leur fripperie,
> Que j'aurois descouvert toute leur piperie.
> Mais ils estoient si fins qu'ils n'imprimoient jamais,
> De peur que leurs escrits se trouvassent mauvais,
> Ou bien s'ils imprimoient, c'estoient pièces choisies
> Qu'ils avoyent gouspillé dedans les Poësies

D'Homere, de Maron, ou bien du grand Ronsard,
Et changées du tout à force de leur fard,
Leur mettant un Monsieur, au lieu d'une Madame,
Et un très bel esprit, au lieu d'une belle âme,
Et faisant des vers longs, au lieu des vers plus cours,
Ou bien en transposant les raisons du discours,
Et puis les dedians à quelqu'homme à leur mode,
Pour en tirer un jour quelque présent commode ;
Car de tout leur trouppeau à peine en est-il un
Qui voulut faire un vers pour le bien du commun,
(Sinon que le Bordel où leur Muse s'applique
Peut passer souz le nom de la chose publique).
Jamais il n'est sorty rien de bon de leur main,
Aussi d'un sac ne sort que ce dont il est plein.
Ronsard en son vivant escrivoit pour la France
Contre les malheureux Autheurs de sa souffrance :
Ces rogues polliceurs disent qu'il faisoit mal,
Qu'il sentoit le bigot, et le nomment cheval.
Je vous laisse penser qu'est-ce qu'ils pourront dire
De moy qui les descrits dedans ceste Satyre.
Sans doute, ils me feront larder comme un lapin,
Ou comme les Larrons lapident un mastin
Qui les veut empescher d'entrer en une grange,
Ils me lapideront : Mais leur façon estrange
Ne me gardera pas d'employer mon pouvoir
A blasmer les pechez, comme veut mon devoir.
Non plus que les brocars dont leur fureur abonde
Dardez contre l'honneur des poëtes du monde
(Qui est, ce grand Ronsard autheur des justes loix
Que l'on doibt observer pour celebrer les Rois,
Les Princes, les vassaux, les subjets et les choses,
Qui sont en l'Univers diversement encloses.)
N'empescheront jamais que les esprits bien faits
Ne l'estiment le Roy des poëtes parfaits.

Dans la seconde pièce : *Premier discours satyrique
au Roy,* Garnier déclare, après avoir loué Louis XIII. que
la satire, contrairement à l'opinion ordinaire, a pour
objet de réprimer les vices et d'exhalter les vertus sans
médire des grands ni des petits :

> Car la Satyre est bien pour marquer les folies,
> Et les représenter par des façons jolies,
> Mais non pas pour blasmer ny diffamer aucun
> Ains pour endoctriner et complaire au commun...

et il se moque de ceux qui, pour paraître savants, veulent entreprendre de réformer les Cieux ou parlant de l'histoire affirment que :

> .... Pharamon assiégea la Villette
> Qu'il battit Sainct Louis avec son arbaleste...

Il tombe aussi sur les ignorants qui discutent de guerre, de fortifications, etc.... :

> Tous entendoient le faict, il n'estoit renieur
> Qui ne fust ce jour là sçavant ingenieur...

La pièce s'achève sur un dithyrambique éloge de Louis XIII auquel il demande de l'autoriser à décrier les fautes :

> Sans diffamer le nom d'aucun, ny la personne,
> Car en ce cas jamais mon cœur ne s'abandonne,
> Au contraire je hay comme je hay la mort,
> Qui diffame quelqu'un soit à droict ou à tort.
> Et ne voudrois pour rien escrire en cest'stille
> Si je ne le trouvois très plaisant et utile
> A vos nobles subjects, qui à la vérité
> Aiment plus les plaisirs que la sévérité.

Garnier, sans plus attendre, allait violer cette promesse à l'égard de Théophile !

La troisième pièce : *Second discours* est adressée à Louis XIII sous le couvert de Gaston d'Orléans, le poète saisit le prétexte des dernières paroles de

Louis VIII à saint Louis pour célébrer Marie de Médicis
et conseiller au roi de suivre ses avis alors que la
Reine Mère, nous l'avons dit, était déjà tenue à l'écart
du pouvoir :

> Ta mère mon enfant m'a souvent assisté
> De son conseil très bon en mon adversité,
> Et je te puis jurer que jamais de ma vie
> Je ne me trouvay mal de l'avoir ensuivie.

il le met surtout en garde contre les rapports des courtisans défavorables à la Reine Mère :

> Car quand à ceux qu'on faict de la mère à son fils,
> Tant soyent-ils paliez par des moyens subtils,
> Il les faut estouffer au poinct de leur naissance,
> Et punir leurs autheurs avecque violence :
> Car ils sont dangereux et si pernicieux
> Qu'ils ne peuvent sortir que d'un cœur vicieux,
> Barbare et violent plus que la violence,
> Desnaturé, pervers, plein de toute insolence,
> Impie et impudent, maudit, blasphemateur,
> Ennemi desguisé du nom de serviteur.

Louis XIII est resté sourd à l'appel de Garnier, mais
les adversaires de Marie de Médicis, ils étaient légion,
n'ont pas dû pardonner au poète.

Le discours dédié à *Mgr de Soissons* fait en même
temps que l'éloge de ce prince celui de l'art de la
guerre.

Les deux odes à *Mgr le Prince de Condé sur l'heureux succès de ses entreprises pour le service du Roi et
Aux mêmes princes du sang royal sur la deffaicte par le
Roy des troupes rebelles conduites par M. de Soubise*(1)

(1) Il s'agit de la défaite infligée par l'armée royale à Soubise
dans l'ilot de Rié, à l'embouchure de la Vie. Quoique Soubise

sont insignifiantes et ne méritent pas qu'on s'y arrête.

Dans les vers : *Aux Princes du très illustre sang de nos rois très chrétiens de France et de Navarre,* Garnier, tout en célébrant leurs louanges, les invite à donner l'exemple de l'obéissance, sans laquelle rien ne peut arriver d'heureux :

C'est à vous, noble sang, l'obéissance est vostre
Et si vous la perdez, la perte sera nostre...

Cette fois l'intention et le conseil étaient bons.

La pièce de Garnier au *Cardinal de la Roche-Foucault* n'est qu'une longue plainte contre l'avarice qui oblige les prêtres à quémander leur pain d'autant que :

Les meilleurs prieurez, avecque leurs richesses,
Se demandent par dol, s'obtiennent par finesses,
Jusques aux Huguenots les prennent par ce point
Et s'en servent encor qu'il ne les ayme point...

Cette même avarice est cause que mal payés les soldats ne peuvent se battre :

Car l'homme ne vit pas de l'air tant seulement
Il veut avoir du pain, et quelqu'autre aliment

.   .   .   .

Comment pense-t-on donc que les braves soldars
Puissent prendre un fossé et forcer les rempars
Quand ils n'ont point de pain, et que l'orde avarice
Leur retient leur argent contre toute justice...

eut sous ses ordres trois mille hommes de pied et huit cents chevaux et qu'il occupât une position presque imprenable, une terreur panique le saisit et il s'enfuit, dans la nuit du 14 au 15 avril 1622, abandonnant son infanterie qui fut massacrée, noyée ou prise et envoyée aux galères.

Il engage — et c'est là le trait final — le cardinal
à chasser ce vice :

> ... bien loin des Ecclesiastiques
> Et des gentils esprits des loyaux catholiques.

Nous arrivons maintenant aux deux pièces contre
Théophile, elles sont accompagnées de la devise *Plus
ultra*. Si on veut en apprécier les origines il faut rappe-
ler en quelques lignes les griefs de Garnier.

Théophile n'a jamais nommé Claude Garnier dans
ses poésies ni fait allusion à ses œuvres, mais il a dû
s'exprimer sur son compte en termes peu mesurés,
railler ses odes pindariques chez MM. de Liancourt,
de Montmorency, etc. A-t-on rapporté ces propos à
d'autres grands seigneurs qui protégeaient Claude Garnier et ceux-ci ont-ils, dès lors, montré de moins en
moins d'enthousiasme pour ses adulations rimées?
C'est à penser, car Garnier en prend prétexte au début
de sa *Remontrance à Philotée et à quelques siens amis
courtisans touchant la vie du Poète farouche de ce
temps*.

Ces critiques verbales de la prosodie de Garnier,
Théophile les a justifiées pleinement en exposant ses
doctrines littéraires dans la *Première journée* de la
Seconde partie de ses *Œuvres* (1623) :

« ... il faut que le discours soit ferme, que le sens
y soit naturel et facile, le langage exprès et signifiant;
les affeteries ne sont que mollesse et qu'artifice qui ne
se trouve jamais sans effort et sans confusion. Ces lar-
cins qu'on appelle imitation des Autheurs anciens se
doivent dire des ornemens qui ne sont point à nostre

mode(1). Il faut escrire à la moderne; Demosthenes et Virgile n'ont point escrit en nostre temps et nous ne sçaurions escrire en leur siècle; leurs livres, quand il les firent, estoient nouveaux, et nous en faisons tous les jours de vieux. L'invocation des Muses à l'exemple de ces payens est profane pour nous et ridicule. Ronsard, pour la vigueur de l'esprit et la nuë imagination, a mille choses comparables à la magnificence des anciens Grecs et Latins, et a mieux réussi à leur ressembler qu'alors qu'il les a voulu traduire, et qu'il a pris plaisir à les contrefaire, comme en ce Cytherean, patarean, par qui le trepied Tymbrean. Il semble qu'il se veuille rendre incogneu pour paroistre docte, et qu'il affecte une fausse réputation de nouveau et hardy escrivain. Dans ces termes estrangers, il n'est point intelligible pour François; ces extravagances ne font que desgouster les sçavans et estourdir les foibles. On appelle ceste façon d'usurper des termes obscurs et impropres, les uns barbarie et rudesse d'esprit, les autres pedanterie et suffisance. Pour moy, je croy que c'est un respect et une passion que Ronsard avoit pour ces anciens à treuver excellent tout ce qui venoit d'eux et chercher de la gloire à les imiter par tout. Je sçay qu'un prelat, homme de bien, est imitable à tout le monde. Il faut estre chaste, comme luy charitable, et sçavant qui peut. Mais un courtisan, pour imiter sa vertu, n'a que faire de prendre ny le vivre, ny les habillemens à sa sorte. Il faut comme Homere faire bien une description, mais non point par ses termes ny par ses épithetes. Il faut escrire comme il a escrit, mais non pas ce qu'il a escrit. C'est une devotion loüable et digne

(1) Voilà une phrase que Boileau n'a pas dû pardonner à Théophile, elle explique l'injustice qu'il a montrée à son égard.

d'une belle ame que d'invoquer au commencement d'une œuvre des puissances souveraines ; mais les chrestiens n'ont que faire d'Apollon ny des Muses, et *nos vers d'aujourd'huy, qui ne se chantent point sur la lyre, ne se doivent point nommer lyriques,* non plus que les autres héroïques, puisque nous ne sommes plus au temps des heros, et toutes ces singeries ne sont ny du plaisir ny du profit d'un bon entendement... »

Les lignes ci-dessus cinglaient cruellement et directement l'amour-propre de Claude Garnier comme auteur de la belle ode pindarique, insérée dans les œuvres de Ronsard de 1609, remaniée complètement pour les deux magnifiques in-folio de 1623 qui venaient de paraître quelques mois auparavant, dont voici la première strophe (1) :

> A genous Poëtes de France
> Adorez l'immortelle vois,
> L'immortelle vois d'excellence
> Du grand Homère des François.
> A genous (ò troupe d'élite)
> Rendez hommage à son mérite,
> Avoüant par ces vrays honneurs,
> Et le triomfe et la victoire
> Qui s'éternizent dans la gloire
> Du plus cher mignon des neufs Sœurs.

(1) Texte de l'édition de 1609 :

> A genoux, avortons de France,
> Adorez l'immortelle vois,
> L'immortelle voix d'excellence
> De la trompette des Valois !
> A genoux, et que sans redite
> On rende hommage à son mérite,
> Advouant par ces vrays honneurs,
> Et le triomphe et la victoire
> Qui s'éternisent dans la gloire
> D'un parfait mignon des neuf Sœurs !

et comme commentateur enthousiaste du poème des *Misères de ce temps* dans cette dernière édition ; enfin comme maistre ès vers lyriques, genre que Garnier préférait et dans lequel il croyait exceller. Sous le coup de la colère, et sans penser à opposer sérieusement ses théories à celles de son adversaire, il outrage Théophile sous la forme d'un mauvais quatrain et d'une diatribe (1).

Le quatrain est grossier, sans trait d'esprit, c'est de la méchanceté de sot :

AU POÈTE FAROUCHE DE CE TEMPS QUI MESPRISE LA TRÈS ILLUSTRE
ET TRÈS ROYALLE MUSE DE RONSARD.

La Muse de Ronsard sera toujours Royale,
A tout jamais vivront ses vers très relevez :
Mais les tiens descendront dedans l'Orque infernale,
Où ils coulent desjà par le trou des privés.

La diatribe nous donne une idée très nette du prestige et de l'influence de Théophile sur les jeunes seigneurs de la Cour et présente un tableau un peu chargé de sa situation matérielle à la veille de son procès. Evidemment Garnier exagère, nous savons par le Père Garassus que le poète de Boussères était obligé de se cacher pour échapper à la surveillance rigoureuse organisée contre lui par le Père Voisin (2) ; elle permet cependant

(1) M. Lucien Pinvert a publié ici même (1911) un intéressant article : La condamnation de Ronsard au xvii⁰ siècle dans lequel il ne s'arrête qu'aux ennemis de Ronsard de la seconde moitié du xvii⁰ siècle, c'est-à-dire à partir de Boileau. Il a dû volontairement, croyons-nous, passer sous silence ceux de la première moitié : Théophile et Ch. Sorel en dehors, bien entendu, de Malherbe.

(2) Garassus. Doctrine curieuse, livre VIII, section V et encore section IV, p. 972.

d'affirmer, ce qui était resté douteux, que l'ordre
d'exil du 14 juin 1619 avait été retiré (1) :

REMONTRANCE DE PHILOTÉE A QUELQUES SIENS AMIS
COURTISANS, TOUCHANT LA VIE DU POÈTE FAROUCHE
DE CE TEMPS, QUI MESPRISE RONSARD
ET LA VERTU.

Rares esprits que le Ciel a fait naistre,
Pour estre un jour auprès de vostre maistre,
Comme l'on void estre dedans les Cieux
Pres du Soleil les astres radieux.
J'ay grand regret de ne vous pouvoir dire
De vive voix ce qu'il me faut escrire :
Mais le malheur importun à nous tous,
Fait que je suis trop esloigné de vous.
Et qu'un brutal sans respect de son ame
Porte mon nom devant vous et le blasme,
Fait ce qu'il veut, et vous prenez plaisir
De le porter au but de son desir.
Vous le payez pour sa cajolerie,
Et il s'en rit et nomme drolerie
Vos payements au prix de ses beaux vers
Qu'il fait pour vous à droit et à travers.
Il me desplaist de vous dire ses vices,
Parce qu'ils sont plus dignes de supplices
Que de renom, et voudrois meriter
Le nom d'amy sans vous les reciter.
Mais je ne puis, race toute divine,
Estre muet entendant la ruine
Que fait chez vous cest esprit esvanté,
Qui a mon nom de vostre cœur osté,
Pour s'en orner quoy qu'il en soit indigne :
Comme un corbeau d'avoir le nom de Cygne,
Car son beau nom veut dire amy de Dieu,
Et ce brutal le blasphème en tout lieu.

(1) Un commandement signé Louis, et plus bas de Loménie,
daté du 14 juin 1619 enjoignait à Théophile de quitter le
royaume (Voir le *Procès de Théophile*, t. I, p. 30).

Vous le sçavez puis qu'il vit à vos tables,
Les jurements sont les mots plus notables,
Dont il se sert pour orner ses discours.
Blasmer, mentir, sont de ses meilleurs tours,
Se deschirer nuit et jour la cervelle,
Pour enjoller quelque simple pucelle,
L'amadouër, la mener au paillard
Sont les effets de son esprit gaillard.
Cela vous plaist, et pour de telles courses,
A ce maraud vous présentez vos bourses,
Et les fermez à ceux qui plus discrets,
Ne veulent pas user de tels secrets.
Cela me fait esloigner vos personnes,
Que je dirois dignes de cent coronnes,
Si par malheur vous n'estiez reculez
Par ce vilain du chemin d'Herculés :
Mais ! ô malheur, vous l'estes, et encore
Vous honorez ceste infame pecore,
Qui vous séduit, et se mocquant de vous,
A vos despens il engresse ses choux.
Vous l'honorez, et il fait le bravache,
Quoy ? aurez-vous tousjours le cœur si lache,
Que d'honorer celuy qui quelque jour
Hazardera l'honneur de vostre amour,
Et vous rendra la mesme courtoisie,
Que vous avez à vos prochains choisie :
Car comme on void sans peur d'estre indigent,
Il fait courir vostre or et vostre argent.
Il tient laquais, chevaux, valets d'estable,
Putains, ruffiens : bref, vie detestable,
Si bien qu'on peut fermement asseurer,
Que son grand train ne peut longtemps durer :
Et que bien tost ce Seigneur magnifique,
Exercera sa premiere practique,
A vos despens, si dedans vos maisons,
Il trouve lieu d'appliquer ses raisons.
Fuyez-le donc, esprits pleins d'accortise,
Il n'a que fard, orgueil et convoitise,
Vous voyés bien que pour un Ducaton
Il livreroit son esprit à Pluton,
Et qu'il yroit plustost que de bien faire,

Troubler le Styx, et desbaucher Megere.
Il y est né et nourry tellement,
Qu'il ne sçauroit jamais vivre autrement.
Vous le payés pour chanter vos loüanges,
Ne sont-ce pas des choses bien estranges,
Qu'entre tous ceux que la France a produits,
Nourris, soignés, et doctement instruits,
Dont un millier a faict l'experience,
De posseder la parfaitte science.
Pas un tout seul ne vous vienne à propos,
Pour entonner et chanter vostre los,
Et qu'un rustaud, un poltron, un barbare,
Un mesdisant, un menteur, un bisarre,
Un bordelier, un volage, un bouffon,
Un indiscret, soit vostre Xenophon,
Vostre Amphion, vostre Melesigene,
Vostre Maron au lieu d'avoir la peine
Qu'on donne à ceux qui portent comme luy
Tout leur sçavoir pour ruyner autruy.
Mais que diront tant de races futures
Lors que lisans toutes nos adventures,
Elles verront que les plus beaux esprits,
Auront biffé de leurs doctes escrits
Tous vos exploicts, et que ce seul Cherilles,
Vous aura faits estre de grands Achilles.
Je me crains fort que ceste vérité
Venant de luy soit sans authorité :
Car du menteur la bouche trop infecte
Nous rend tousjours la verité suspecte.
La verité dicte par un menteur,
Pert sa beauté, sa grace et sa vigueur.
Je crains vrayment que la future race,
Juge de luy sans respect et sans grace :
Ainsi qu'on void juger communément,
Que le menteur de sa nature ment.
Et que chacun honorant son semblable,
Ce drolle icy fust à vous comparable :
Et vous à luy, puis que sur tant d'espris,
Pour vous chanter ce seul vous avez pris.
Quittez-le donc, honorez les plus sages,
Ils ont tousjours de genereux courages

Disent le vray lors qu'il en est saison,
Et sont tousjours portez à la raison,
De telles gens les Conseils sont utilles,
En beaux effects ils sont tousjours fertilles,
Tousjours bandés au profit du commun,
Ils font du bien, aux leurs et à chacun.
C'est d'eux qu'il faut emprunter l'escriture,
Pour tesmoigner à la race future,
Qu'on a tousjours constamment combattu
Pour le laurier que donne la vertu.
Non pas d'un fol, comme vostre beau chantre,
Qui ne vous sert que pour remplir son ventre,
Et pour souller ses brutaux appetits,
Soit aux despens des grands ou des petits.
Quittez-le donc, et retirez vos ames,
Tout doucement des impudiques flames,
Croyés les bons qui vous guident aux Cieux,
Loing de l'horreur des plutoniques lieux.
Mais non mignons, suivés, suivés ce drolle,
Il est bouffon, il jouë bien son rolle :
Il est hardy, il parle librement,
Il jure net alors que mieux il ment :
Il parle bien, il entend bien la mode,
Plus a de quoy, et mieux il s'accommode.
Il croit en Dieu : mais il n'est pas bigot,
Et ne se chaut de God, ny de Magot.
Ny de Coquets, au contraire il s'en mocque,
Et aime autant un sainct d'une bicocque,
Qu'un sainct Christophle au Temple de Paris,
Les seuls ruffiens sont de luy favoris.
Il a pension, qu'est-il de plus loüable ?
Il fuit la faim, et aime fort la table,
Il a dequoy, il est donc bien appris,
Il prend tousjours devant que d'estre pris.
S'il a du vent, il a de l'asseurance,
Laissons à part toute son impudence.
Il fait des vers, il trie bien les mots,
Il pince fort, mais c'est bien à propos.
Il a bon sens, et fort belles paroles,
Et, qui mieux vaut, il tire des pistoles
Des Courtisans qui l'ont fait rappeller

De cest exil où l'avoit faict aller
Pour son peché la Royalle Justice (1).
Il n'est point sot, il entend la milice,
Au pont de Sé à tout la picque au poing,
Il atterra de demi lieuë loing
Trois caporaux, cinq picquiers, dix gendarmes,
Et leur osta et emporta les armes (2).
Encore eust-il faict de plus grands efforts
S'il eust trouvé tous les ennemis morts.
Fi le vilain qu'il est laid, qu'on le chasse,
Ardez un peu, bon Dieu ! comme il grimasse :
C'en est pourtant qu'il soit en quelque esmoy
Pour mon discours il se mocque de moy.
Il met le tout dessus l'indifference,
Et ne croit pas que mon discours l'offence,
Comme il ne faict, car il dict verité,
Sans observer trop de severité.
D'ailleurs, il vient de celuy qu'il mesprise
Autant et plus qu'un vieux petteux d'Eglise.
Conviez-le, car il ne l'aira pas
Pour ce discours de prendre un bon repas.
Jamais l'ardeur d'une fureur despite
Ne l'ostera davecque la marmite :
Il l'aime autant comme les courtisans
Ausquels il faict mille contes plaisans
Pour attirer tousjours quelques pistoles,
Par le moyen de ses vaines paroles :
Car c'est son art duquel luy sont venus
Tous ses moyens, et tous ses revenus.

Les objurgations de Garnier aux courtisans ses amis n'eurent-elles aucun effet? Ne firent-elles perdre à Théophile aucune des sympathies qui lui étaient acquises avant l'arrêt du 11 juillet 1623 et dont le poète

___

(1) L'ordre d'exil du 14 juin 1619.
(2) Garnier fait allusion au combat des Ponts-de-Cé du 7 août 1621. Théophile combattait dans les rangs de l'armée royale, il y fit un prisonnier, voir son interrogatoire, le troisième, du 27 mars 1624 (*Le Procès de Théophile*, t. I, p. 401).

royal escomptait le déplacement à son profit? Théophile, même prisonnier, continua-t-il à effacer Garnier
dont la Muse hautaine ne s'était jamais abaissée à chanter l'épicurisme et à collaborer aux recueils libres et
satyriques? On doit le croire puisque le ressentiment
de Garnier restait, huit mois après, aussi vivace qu'au
premier jour. En mars 1624 il reprenait la plume pour
écrire *l'Ateinte contre les impertinences de Theophile
ennemy des bons esprits* (1). Cette fois il esquissait une
réfutation des raisons de Théophile tout en ne ména-
geant pas davantage sa personne. Il a ainsi porté le
premier la parole dans cette querelle des anciens et des
modernes qui ne finira qu'avec le xviie siècle, et c'est
là un mérite que personne ne lui a encore reconnu, le
seul peut-être dont il lui sera un jour tenu compte.

*
* *

On sait que Théophile n'a pas répondu aux deux
attaques de Claude Garnier (celles de juin 1623 et de
mars 1624) ni pendant sa détention ni après. Ajoutons
à la décharge du *poète royal* que, mis en cause par la
déposition du libraire Vitré (11 mars 1624) qui rap-
portait qu'un sieur de Forges avait entendu Théophile
réciter chez Garnier un sonnet obscène sur un crucifix,
il n'est pas venu témoigner contre son confrère. De
Forges et Vitré mentaient probablement, mais Théophile ne respectait pas davantage la vérité quand il dé-

(1) Nous avons publié l'*Ateinte* dans le t. II du *Procès de
Théophile*, p. 139. Les allusions contenues dans cette pièce per-
mettent d'en fixer exactement la date, elle a été écrite et publiée
en mars 1624. Chose curieuse, Garnier n'y dit pas que Théophile
est prisonnier quoiqu'il cite sa *Requeste au Roy*, sa *Prière aux
poëtes de ce temps*, etc., etc.

clarait, de son côté, n'avoir *ouï parler que de Robert Garnier*. La réponse quoique habile — elle fermait la porte à toute discussion — était cruelle et injuste : Garnier avait publié depuis vingt ans deux volumes de poésies et vingt-quatre plaquettes en prose et en vers (1), son nom était associé à celui de Théophile dans un sonnet, paru en 1622 (2), de leur ami commun Guillaume Colletet (condamné par contumace le 19 août 1623 à neuf années de bannissement pour sa participation au *Parnasse satyrique*) :

> Que *Theophile* aussi vante le sang de Foix,
> Que *Le Roy* (Gomberville) escrive mainte histoire,
> Que *Maynard* dans ses vers éternise sa gloire,
> Que d'*Audiguier* triomphe en ses discours françois,
> Que l'*Estoile*, qu'*Ogier*, que *Garnier* dont la Muse
> Contrefait gentiment celle de Syracuse,
> Célèbrent à l'envy la puissance d'Amour...

et dans la *Satyre du Temps* dédiée en 1623, par Nicolas Besançon, à Théophile :

> Ils disent quand à moy que je n'ay point d'estude,
> Que tantost je suis doux et tantost je suis rude ;
> Que *Ronsard* est pedant, et que tous les autheurs
> Qui furent de son temps n'estoient qu'imitateurs,
> Qu'ils ont tout desrobé d'Homere et de Virgile,
> Et n'ont pas seulement espargné l'Evangile.
> Mesme ils disent de toy que ton esprit malsain
> S'extravague souvent au cours de son dessein ;
> Que *Garnier* sent le grain reclus, et que *Porchere*
> Mercenaire au profit met sa muse à l'enchère...

(1) Nous avons donné la bibliographie de Claude Garnier dans le *Procès de Théophile*, t. II, p. 159.

(2) Désespoirs amoureux, avec quelques lettres amoureuses, et Poésies par le sieur Colletet. Paris. Gervais Alliot, 1622, in-12. Les *Désespoirs amoureux* seraient une traduction de l'*Alexiade* du Père François Remond, jésuite.

Théophile cependant n'avait pas été sans parcourir quelques plaquettes de Garnier, et sans connaître le sonnet de Colletet et la *Satyre du Temps !*

Après le *Satyrique françois,* Claude Garnier s'est encore exercé à la satire dans une longue pièce assez spirituelle d'ailleurs : *Le Frelon du Temps* (1) à l'adresse de ceux qui avaient critiqué son : *Bouquet du Lys et de la Rose au nom de l'alliance de France et d'Angleterre* dédié à Monseigneur le Prince de la Grand' Bretagne. On ne sait rien des dernières années de sa vie sinon qu'il fut encore moins apprécié qu'auparavant. Le *Satyrique françois* a-t-il contribué à son exclusion définitive de la Cour? Nous n'osons l'affirmer, mais c'est vraisemblable.

(1) Le Frelon du Temps. MDCXXIV. In-8 .de 16 p. Cette pièce a été attribuée à tort à Théophile par Viollet le Duc.